승리의 함성을 다 같이 외쳐라

LG트윈스 2023 통합우승 별책부록

글 윤세호

CRETA

CONTENTS

저 같은
'엘린이'가 되면
안 됩니다

쾌속 질주의 끝은 빠른 해피엔딩이었다. 정규시즌 종료까지 9경기를 남겨둔 시점에서 페넌트레이스 우승을 확정 지었다. 10월 3일 LG는 경기가 없는 날이었다. 다른 8팀이 경기하는 시간, 10월 4일과 5일 롯데와의 원정 경기를 치르기 위해 부산으로 향했다. 그리고 부산 숙소 도착을 눈앞에 두고 매직 넘버가 '0'이 됐다. 수원에서 KIA가 KT에 역전승, 인천에서도 SSG가 NC에 역전승을 거두면서 LG는 남은 9경기를 모두 패해도 1위가 됐다.

1위를 확정 짓기에 앞서 LG 선수단의 시선이 수원과 인천 경기에 집중됐다. 선수들은 구단 버스 안에서, 염경엽 감독은 기사가 운전하는 자신의 승용차 안에서 수원과 인천 경기를 골고루 챙겨봤다. 수원에서 KIA가 승리를 완성하는 마지막 아웃카운트를 올리는 순간, 염경엽 감독의 전화가 울렸다. 전화를 건 김현수는 동료들과 함께 큰 소리로 외쳤다.

"감독님 축하드립니다! 우리 1위 했습니다!"

독주로 이룬 1위 확정이었다. 6월 27일 SSG를 꺾고 1위에 오른 후 단 한 번도 정상에서 내려오지 않았다. 전반기까지는 SSG와, 후반기부터는 KT와 1위를 놓고 레이스를 벌였고 끝까지 정상을 사수했다.

쉬운 우승은 없다. LG의 2023 정규시즌 우승도 그렇다. 염경엽 감독은 1위를 확정 지은 다음 날 "내 감독 인생에서 세 손가락에 꼽을 정도로 힘든 시즌이었다. 마운드가 특히 그랬다. 4월에서 5월로 넘어가는 시점에서 국내 선발 3명 모두 실패했다. 김윤식, 이민호, 강효종이 모두 안 됐다. 여기서 못 버티면 4, 5위로 시즌이 끝날 것 같았다"고 돌아봤다.

부지런히 대안을 마련했고, 그 대안이 성공했다. 임찬규와 이정용이 선발진에서 희망을 밝혔고 후반기에 돌아온 김윤식은 2022년 에이스의 모습을 되찾았다. 감독의 인내와 전략이 적중했는데 정작 염경엽 감독이 꼽은 성공 요인은 선수들의 자세였다.

"우리 선수들 모두 더그아웃에서 '할 수 있다', '따라갈 수 있다', '이길 수 있다'를 외쳤다. 결국 야구는 선수가 한다. 우리 선수들 목표 의식이 그만큼 뚜렷하다는 것을 느꼈다. 우리 선수들이 이렇게 자신감이 있다면 할 수 있다고, 나도 자신감을 얻었다"고 선수들의 마음가짐이 팀을 순위표에서 가장 높은 곳으로 이끌었음을 밝혔다.

정상에서, 다시 정상으로의 발걸음

최종 목표를 이룬 것은 아니었다. 1994년 이후 첫 정규시즌 우승. 한국시리즈 직행을 이뤘으나 완벽하게 마침표를 찍기 위해서는 마지막 날 웃어야 한다. 그래서 선수단 모두 담담했다. 1위 확정이 극적으로 이뤄지지 않은 부분도 있었으나 LG 구성원 모두 한국시리즈에서도 승리해야 진정한 대업을 이룬다는 것을 알고 있었다.

빠르게 1위를 확정 지은 만큼 이 부분을 최대한 활용할 계획을 세웠다. 100퍼센트의 전력으로 한국시리즈 무대에 설 수 있게 주축 선수를 관리했다. 왼쪽 손목에 통증이 있었던 주전 포수 박동원이 10월 7일 엔트리에서 제외됐다. 켈리는 10월 4일 사직 롯데전에서 페넌트레이스 선발 등판을 마무리했다. 최원태 또한 한국시리즈에 대비해 정규시즌에서는 더 이상 등판하지 않았다. 늘 그랬듯 염경엽 감독은 한국시리즈 준비 과정도 미리 머릿속에 그려넣었다. 선수단 의견을 들으면서 한국시리즈 준비 훈련을 이천 LG챔피언스파크에서 하기로 결정했다. 1위 확정도 대단한 일이지만, 안주하지 않고 통합우승을 바라보았다.

선수들의 시선도 바로 한국시리즈로 향했다. 임찬규는 2002년 LG가 눈물과 함께 한국시리즈 무대에서 퇴장했던 모습을 생생히 기억하고 있었다.

선수단 버스에서 1위가 결정된 순간을 두고 "솔직히 좀 실감이 나지 않았다. 야구를 하고 있었으면 1회부터 9회까지 점점 감정이 올라오면서 무르익는 게 있을 텐데 갑자기 버스에서 선수들끼리 축하했다. 이게 우승한 게 맞나 싶기도 했다"고 말한 임찬규는 "결국 한국시리즈 우승을 해야 할 것 같다. 개인적으로 규정 이닝을 채우고 싶기도 하고 다음 경기를 잘 준비해야 한다는 생각이 들었다. 물론 기분은 좋았지만 좀 묵묵해졌던 것 같다"고 전했다.

그러면서 21년 전으로 시계를 돌렸다. "초등학교 3학년 때 TV로 봤던 한국시리즈 6차전이 지금도 어제 일처럼 기억난다. 그때 이상훈 코치님이 마운드로 뛰어 올라가시는 모습을 보고 '됐다. 우리가 이겼다'고 생각했다. 그러다 동점 홈런을 맞는 순간 머리가 하얘졌다. 이후 최원호 감독님이 올라와 홈런을 맞는데 그 모습을 보고 많이 울었다"며 "정말 엄청나게 울었다. 너무 많이 울었던 게 지금도 기억난다. 막 울면서 학교 안 간다고 했다가 부모님께 혼나기도 했다"고 21년 전 기억을 고스란히 펼쳐 보였다.

엘린이의 마음으로, 임찬규의 다짐

2002년 초등학교 3학년 임찬규는 2023년 프로 13년 차 베테랑 투수가 됐다. 투수진 리더이자 선발진 기둥으로 '엘린이(LG 어린이 팬)'에게 최고의 한 해를 만들 것을 약속했다.

"지금 우리 어린이 팬들은 저 같은 '엘린이'가 되면 안 된다. 이 친구들은 나처럼 LG에 입단할 때까지 우승이 없으면 절대 안 된다고 본다. 이제부터는 LG가 1위도 많이 하고 우승도 하면서 반지 끼는 모습을 보여주고 싶다. 지금 '엘린이'들에게는 LG가 정말 좋은 팀으로 기억되기를 바란다."

선수단은 10월 4일 롯데전이 끝나고 부산까지 찾아온 팬들과 함께 정규시즌 우승 세리머니를 했다. 숙소에서 샴페인 파티도 열면서 144경기 대장정을 성공적으로 마친 것을 자축했다.

임찬규는 다짐대로 동요하지 않았다. 루틴대로 10월 5일 선발 등판을 준비했고 6.1이닝 1실점으로 승리 투수가 됐다. 정규시즌 최종전인 10월 15일 두산전에서도 5.2이닝 1실점으로 다짐을 이뤘다. 2023 정규시즌 144.2이닝 소화로 3년 만에 규정 이닝(144이닝)을 돌파했다. 14승으로 다승 부문 3위, 토종 투수 다승 1위에 올랐다.

주장 오지환은 10월 15일 144번째 경기를 치른 후 잠실구장을 가득 메운 LG 팬들을 향해 후회가 남지 않도록 철저히 한국시리즈를 준비할 것을 외쳤다. 그는 "이제부터는 전쟁 모드입니다. 우리 선수들 모두 최선을 다해 한국시리즈를 준비하고 꼭 승리하겠습니다"고 목소리를 높였다. 정규시즌 우승 트로피를 바라보면서 그 옆에 한국시리즈 우승 트로피가 자리하는 모습을 그렸다.

시즌 전적 86승 56패 2무		승률 0.606		정규시즌 1위
전반기 49승 30패 2무			후반기 37승 26패 0무	
팀 타율 0.279(1위)			팀 OPS 0.755(1위)	
팀 평균자책점 3.67(1위) 선발 평균자책점 3.92(5위) 중간 평균자책점 3.43(1위)				
주요 선수				
홍창기(WAR 6.20), 오스틴(WAR 5.19), 문보경(WAR 4.28), 오지환(WAR 4.11), 플럿코(WAR 3.86), 문성주(WAR 3.75), 박동원(WAR 3.20), 김진성(WAR 2.96), 박해민(WAR 2.69), 함덕주(WAR 2.63)				

"이제부터는 LG가 1위도 많이 하고 우승도 하면서
반지 끼는 모습을 보여주고 싶다.
지금 '엘린이'들에게는 LG가 정말 좋은 팀으로

이천과 잠실에서 키우는
챔피언의 꿈

희망과 불안이 공존했다. 이날 날씨도 그랬다. 한국시리즈 준비에 돌입한 10월 19일. 오전 내내 비가 내리는 흐린 날씨가 이어졌다. 큰 문제는 없었다. 이천 LG챔피언스파크 시설은 국내 최고다. 대형 실내 훈련장이 있어 비가 와도 훈련에 지장이 없다. 오후부터는 비가 그치고 해도 보였다. 투수들은 불펜 피칭에 돌입했다.

염경엽 감독은 이번 한국시리즈가 LG의 미래를 결정할 중요한 무대로 여겼다. 지난 4년 동안 가을 야구에서 고전한 모습을 돌아보면서 큰 무대 징크스를 극복하면 이른바 '왕조'도 가능하다고 예상했다.

그는 "LG의 향후 3, 4년을 결정할 한국시리즈다. 이번 한국시리즈에서 우승하면 내년에는 더 좋아질 것이다. 이전에는 포스트시즌만 되면 주저하고 망설이는 모습이 많이 나왔다. 이를 극복하면 자연스럽게 좋은 결과가 나오고 승리를 통해 큰 무대

자신감도 얻게 될 것이다. 반대로 한국시리즈에서 승리하지 못하면 여전히 큰 무대에서 약한 팀이라는 꼬리표가 붙을 것"이라며 "올해 우승을 하면 내년에는 한 단계 더 높은 팀, 페넌트레이스를 더 잘 치를 수 있는 팀이 된다고 본다"고 2023년 통합 우승이 2024년 통합우승도 만든다고 내다봤다.

대업을 가슴 속에 품고 치열하게 준비했다. 훈련일에는 오전, 오후, 그리고 야간 훈련까지 일정을 잡았다. 실전도 상무와 경기를 포함해 무려 7경기를 계획했다. 정규 시즌 1위로 한국시리즈에 직행하는 팀은 3주의 여유 기간에 서너 번 실전 경기를 하는 것이 일반적이다.

LG는 빠르게 1위를 확정 지으면서 보통의 1위 팀보다 여유 시간이 길었다. 10월 3일 이후 주축 선수들의 회복에 신경 썼고, 이천 훈련의 첫날인 10월 19일부터는 계획 대로 선수들 대부분이 훈련에만 매진할 수 있었다. 그래서 다섯 번의 청백전과 두 번 의 상무전을 치르기로 했다. 1위 팀이 한국시리즈 초반에 겪는 타격감 문제에서 벗어나고자 어느 정도 모험을 각오했다. 실전에 따른 부상, 혹은 한국시리즈에 앞서 지칠 수도 있는 변수를 안고 정상 무대에 오르는 일정을 짰다.

이호준 타격 코치는 "보통 1위 팀 타자들이 한국시리즈 1차전에서 타이밍을 잡기가 쉽지 않다. 나도 현역 때 1차전에서 공이 눈에 잡히지 않아 고생한 적이 많다"면서 "그래도 1차전 두세 번째 타석에서는 타자들이 공을 잡도록 만들고 싶다. 그래서 기계로 150㎞대 볼도 꾸준히 치고 각도 큰 변화구도 많이 친다. 실전도 많이 치른다"고 치열한 훈련을 예고했다.

감독 일방통행은 아니었다. 훈련 과정에서 선수들의 의견도 들었다. 한국시리즈 1차전인 11월 7일까지 18일의 기간 동안 필요할 때는 변화도 줬다. 오전 훈련을 빼고 한 차례 청백전을 취소했다. 염경엽 감독과 코치들은 휴식일에도 이천에 남아 훈련하는 선수들의 자세를 높게 평가하며 선수들의 말에 귀기울였다.

임찬규는 "이천에서 집까지 오고 가는데 시간이 꽤 걸린다. 혹시 모르니 운전하는 것도 피하려 한다. 그래서 이 기간에는 그냥 이천에 있기로 했다"고 말했다. 박동원도 "휴식일에 한 번 집에 갔는데 시간이 꽤 걸리더라. 다음부터는 여기에 있는 게 낫겠다 싶어서 이천 일정이 마무리될 때까지 이천에 있기로 했다. 집중력을 유지하는 데에도 이 방법이 좋다고 봤다"고 처음 경험하는 이천 가을 캠프를 충실히 보내고 싶은 마음을 드러냈다.

박동원이라는 존재감

박동원은 코칭스태프가 꼽은 '키 플레이어'였다. 큰 경기에서 주전 포수의 중요성은 아무리 강조해도 지나치지 않았다. 박동원이 투수에게 보내는 사인 하나하나가 팀을 웃게 만들 수도, 울게 만들 수도 있다. 더불어 박동원은 타선에서 차지하는 비중도 매우 크다. 오스틴과 함께 팀의 유일한 오른손 파워히터라 이들이 만드는 장타가 곧 한국시리즈 승리로 이어질 확률이 높다. 염경엽 감독은 박동원이 5월에 보여준 임팩트를 되새기며 한국시리즈에서 5월 모습을 재현하기를 바랐다.

"동원이에게 계속 5월 모드를 강조하고 있다. 5월에 했던 타격을 다시 보여달라고 했고 동원이도 당시 좋았던 모습을 돌아보며 꾸준히 훈련하고 있다. 7번 타순에서 동원이가 쳐주면 우리 타선을 훨씬 잘 돌아간다."

예감이 좋았다. 이천에서 열린 청백전부터 꾸준히 타구를 외야로 보냈다. 결과는 안타가 아니더라도 타구의 질이 좋았다. 정규시즌 막바지에 자신을 괴롭혔던 손목 부상에서도 벗어났다. 염경엽 감독은 홍창기-박해민-김현수-

오스틴 - 오지환 - 문보경 - 박동원 - 문성주 - 신민재로 이어
지는 한국시리즈 라인업을 확정 지었다. 선수들을 향한
자신감이자 믿음이었다.

선수들의 기분과 분위기를 고려해 이천 일정을 줄이고
잠실 일정을 늘렸다. 10월 29일 오전 이천에서 잠실로
이동해 청백전에 임했다. 정상 대결이 펼쳐지는 곳에서
선수들이 또 다른 마음으로 준비하는 것을 유도했다.

필승조 함덕주는 "잠실에 오니 느낌이 또 다르다. 이제
눈앞으로 한국시리즈가 다가왔다는 생각이 든다. 긴장
감과 집중력이 더 높아지는 것 같다"고 말했다. 이날 청
백전에서 함덕주는 64일 만에 실전을 소화했다. 투구 수
15개로 실점 없이 경기를 마무리하며 한국시리즈 활약
을 예고했다.

돌고 도는 고민과 불면의 밤

철저히 계획하고 상황에 맞춰 변화도 줬으나 마음대로
되지 않는 게 인생이다. 야구도 그렇다. 부상 변수가 터졌
다. 우려했던 실전 중 부상이 아닌 예상하지 못한 사고였
다. 추운 날씨가 문제일 수도 있고, 충분한 휴식에도 부상
부위가 회복되지 않았을 수도 있다. 투수진에서 부상이
나왔다.

"내 인생에서 가장 중요한 경기"라며 한국시리즈 1차전
선발 등판을 준비한 케이시 켈리가 작은 통증을 느꼈다.
처음에는 두 차례 실전 투구에 임하고 한국시리즈 무대
에 오를 계획이었는데 한 번만 실전 투구를 치르기로 했
다. 그래도 10월 31일 상무전에서 밸런스가 유지되는 모
습을 보였다. 모두가 안도의 한숨을 쉬었다.

다만 김진성은 한국시리즈에서도 부상을 안고 가야 했다. 팔꿈치에 불편함을 느꼈고 한국시리즈 기간에도 치료와 재활, 실전을 병행해야 하는 상황이었다. 누구보다 개인 훈련에 긴 시간을 할애하는 김진성인데 하필이면 한국시리즈를 앞둔 시점에서 통증이 왔다. 홀로 훈련하는 과정에서 팔을 다쳤다.

눈앞이 시커매지는 순간도 있었다. 11월 1일 상무전에서 고우석이 허리를 잡고 투구 중단을 요청했다. 2023년 한 해 유독 부상이 많은 고우석이다. 게다가 4월 30일 경기에서도 허리를 다쳐 한 달 넘게 이탈한 전력이 있다. 부상 정도가 당시와 같다면 한국시리즈 엔트리 아웃이다.

다행히 큰 부상은 피했다. 다음 날 병원 검진 결과 단순 근육통 진단을 받았다. 스스로 투구를 끊으면서 상태를 악화시키지 않았다. 한국시리즈 1차전 등판도 가능하다. 아무리 불펜진이 강한 LG라 해도 마무리 투수의 유무는 큰 차이를 가져온다. 한국에서 가장 빠르고 강한 공을 던지는 마무리 투수는 특히 그렇다.

전략적인 고민도 깊었다. 이 또한 마운드에 있었다. 4차전 선발 투수를 두고 불면의 밤을 보낸 염경엽 감독이다. 김윤식과 이정용, 둘 중 한 명을 선발진에, 다른 한 명은 불펜진에 넣어야 한다. 어떤 결정을 내리느냐에 따라 마운드 구성 전체가 달라진다.

정규시즌 선발 투수로서 보여준 모습은 이정용이 김윤식보다 위였다. 후반기 LG 토종 선발진을 이끌었던 투수는 이정용이었다고 해도 지나치지 않을 정도로 뛰어났다. 기복도 적었다. 그런데 이정용은 중간 투수로도 쓰임새가 있다. 필승조로 포스트시즌 무대도 경험했다. 켈리 외에 LG 선발 투수들이 포스트시즌 선발승 경험이 없는 것을 고려하면 백업 플랜으로 중간투수 이정용이 필요했다. 선발이 흔들리면 조기에 이정용을 투입해 불펜 총력전을 펼칠 수 있다.

김윤식도 후반기에 살아났다. 9월 8일 광주 KIA전에서는 자신의 역대 최고 구위를 뽐냈다고 해도 과언이 아니었다. 다만 구위에 따른 기복이 컸다. KIA전에서의 김윤식이라면 고민할 필요도 없다. 반대로 10월 14일 두산전의 김윤식이면 강제 불펜 데이다. 당시 김윤식은 패스트볼 구속이 시속 130㎞대까지 떨어졌고 염경엽 감독은 조기 강판을 선택했다.

고민 끝에 염경엽 감독은 김윤식 선발, 이정용 불펜을 선택했다. 시야를 넓게 두고 불펜 장점을 극대화하기로 했다. 염경엽 감독은 "중간 투수 김윤식은 필승조로 활용할 수 없다. 중간 투수로서 윤식이가 등판하는 경우는 경기가 연장에 들어갔을 때뿐이다. 반면 정용이가 중간에 들어가면 여러 가지 역할을 맡길 수 있다. 선발이 금방 내려갔을 때 롱릴리프가 된다. 경기 후반에 필승조도 할 수 있다"며 "정용이에게 양해를 구했다. 선발 투수로 못해서 중간으로 가는 게 아니라고 설명했다. 정용이가 흔쾌히 이를 수락해 줬다"고 이정용에게 고마운 마음을 드러냈다.

LG는 한국시리즈에 앞서 마지막 실전인 11월 4일 잠실구장 청백전을 공개 오디션으로 진행했다. 관중석을 개방해 LG 팬들에게 한국시리즈 준비 상황을 전달했다. 공식 경기가 아님에도 1만 3245명이 잠실구장을 찾아 선수들에게 박수를 보냈다.

고민의 끝엔 오직 통합우승뿐

11월 5일 플레이오프 5차전을 통해 한국시리즈 파트너가 KT로 결정됐다. 와일드카드 결정전부터 뜨겁게 타오른 NC의 가을 야구 6연승 기세를 KT가 멈춰 세웠다. 플레이오프 첫 두 경기에서 패했지만 이후 내리 3연승을 달리며 리버스 스윕을 달성한 KT다. 정규시즌 우승을 두고 경쟁했던 1, 2위 팀이 마지막 승부에 임하는 대진이 완성됐다.

LG는 포스트시즌 기간 KT보다 많은 여섯 번의 실전을 경험했다. 실전 과정에서 희망만 보인 것은 아니었지만 홍창기, 박해민, 김현수, 오스틴, 오지환, 문보경, 박동원 등 타자들의 타격감이 좋은 것은 희망 요소였다. 유영찬, 백승현 등 새로운 필승조 투수들도 여전히 강한 공을 던졌다.

하지만 준비 과정에서 컨디션이 완전치 않은 투수도 있었다. 큰 경기에서 핵심 투수가 무너지면 승리는 없다. 1차전 선발 켈리부터 김진성, 마무리 고우석까지 100퍼센트 컨디션으로 마운드에 올라야 LG의 통합우승 공식이 완성된다.

염경엽 감독의 감정도 요동쳤다. 하루는 타자들의 모습과 풍족한 중간 투수들을 생각해 "다 죽었어!"를 외치며 숙면을 취했다. 그러다가도 투수들의 부상 소식, 4선발 고민과 마주할 때는 뜬눈으로 밤을 지새웠다.

시간의 흐름을 막을 수는 없다. 염경엽 감독은 11월 6일 잠실구장에서 진행된 한국시리즈 미디어데이에 참석했다. 손가락 6개를 펼치며 6차전 승리와 통합우승을 바라봤다. 그리고 11월 7일 결전의 날이 밝았다.

지금까지 없었던 유광 점퍼 물결 속 대혼돈, 그럼에도 우리는 달린다

한 해의 마지막을 장식하는 한국시리즈의 막이 올랐다. 미디어의 관심도 당연히 한국시리즈에 집중됐다. 늘 한국시리즈를 앞두고 이런저런 분석과 전망이 쏟아진다. 객관적인 전력에서 1위 팀 LG가 우세하다는 평가. 선발진을 제외한 부분에서 LG가 KT보다 우위에 있다는 목소리가 컸다. 즉 경기 초중반부터 LG가 기세를 잡으면 자연스럽게 승리 공식이 완성될 것으로 보였다.

어디까지나 예상일 뿐이다. 변수 가득한 야구에서 무슨 일이 벌어질지는 아무도 장담할 수 없다. 게다가 한국시리즈는 서로를 현미경처럼 분석한 상태로 맞붙는 오픈북 테스트다. 예상과 전혀 다른 결과가 나올 수 있다.

드러난 기록에서 선발진은 KT(선발 평균자책점 3.87. 퀄리티스타트 64회)가 LG(선발 평균자책점 3.92. 퀄리티스타트 50회)에 앞섰다. 고영표, 윌리엄 쿠에바스, 웨스 벤자민, 엄상백으로 구성된 KT 선발진은 리그 최강이다. 고영표와 쿠에바스가 정규시즌에는 LG 상대로 고전했으나 포스트

선발 라인업	
SP	켈리
RF	홍창기
CF	박해민
DH	김현수
1B	오스틴
SS	오지환
3B	문보경
C	박동원
LF	문성주
2B	신민재

경기 결과

11월 7일(화)
오후 6시 30분
잠실야구장
LG트윈스 VS KT위즈
❷ - ❸

19

시즌은 또 다른 무대다. 결국 붙어봐야 안다. 정규시즌 LG 킬러였던 벤자민도 그렇다. 한국시리즈에서 벤자민이 어떤 결과를 만들지는 펼쳐봐야 안다.

불펜진 뎁스는 LG가 뛰어나다. 그런데 KT 또한 손동현, 박영현, 김재윤으로 이어지는 필승조를 갖췄다. LG 타자들이 꾸준히 김재윤에게 강했는데(김재윤 LG전 통산 58경기 평균자책점 5.92) KT 또한 이에 대비해 한국시리즈에서는 마무리 투수를 정해두지 않기로 했다. 평소라면 김재윤이 세이브 상황에서 등판하지만, 박영현 혹은 손동현이 세이브를 올릴 수 있다.

타선의 짜임새도 LG 우위. 그런데 정말 아무도 모르는 게 타격이다. 아무리 LG가 한국시리즈에 앞서 많은 실전을 소화했다고 해도 1차전부터 정상적인 타격 컨디션을 보일 가능성은 매우 낮다. 반면 KT는 플레이오프에서 NC와 치열하게 싸웠고 그 과정에서 장성우, 배정대가 호조의 타격감을 자랑했다. 앤서니 알포드와 박병호까지 폭발하면 중심타선 대결은 백중세, 그야말로 우열을 가리기 힘들다.

이처럼 경기 양상은 예측 불가였으나 경기장 분위기는 얼마든지 예측할 수 있었다. 1차전 전날 열린 예매 사이트만 봐도 한국시리즈 열기가 느껴졌다.

한국시리즈 모든 경기 티켓이 불과 몇 초 만에 다 팔렸다.

한국시리즈 매진이 이례적인 일은 아니다. 하지만 예매 사이트 서버가 다운되고 몇 분 후 티켓 재판매 사이트 서버까지 다운되는 것은 처음 있는 일이었다. 재판매 사이트에서는 한국시리즈 1차전 4인 테이블석이 750만 원에 거래됐다. 이 가격이면 메이저리그 월드시리즈도 볼 수 있다.

29년의 갈증이 슈퍼스타 콘서트 급 티켓 대란을 통해 고스란히 드러났다. 한국시리즈 1차전 경기 시간이 다가올수록 관중석은 유광 점퍼로 메워졌다. 1루는 물론 3루와 외야까지 전체 관중석의 90퍼센트 이상이 유광 점퍼와 LG 응원 문구가 적힌 노란 수건으로 가득 찼다. 지금까지 매진된 경기는 많았으나 이런 광경은 처음이었다. 그야말로 장관이었다. 메이저리그에서나 볼 수 있는 홈팀을 향한 일방적인 응원이 이뤄졌다. LG그룹 구광모 회장 또한 처음으로 잠실구장을 찾았다. 유광 점퍼를 입고 김인석 사장, 차명석 단장과 함께 경기를 지켜봤다. 체감 기온은 영하에 달했으나 잠실구장 열기는 한여름보다 뜨거웠다.

좌절이 없는 게임의 시작

경기 전 선수들은 자신감을 드러냈다.

캡틴 오지환은 KT 불펜진에 좌투수가 없는 게 경기 중후반 승부를 수월하게 만들 것으로 내다봤다. 좌투수 임정호, 김영규가 있는 NC보다 좌투수가 없는 KT가 올라오기를 바랐다며 한국시리즈 활약을 예고했다. 반면 염경엽 감독은 침착함을 강조했다. 그는 1차전에 앞서 "이제는 선수들이 나보다 더 간절하더라. 너무 간절하면 과한 플레이가 나올 수 있다. 그래서 선수들에게 침착하게, 흥분하지 말자는 메시지를 전했다"고 말했다.

하지만 사람인 이상 처음 보는 광경을 보고 침착할 수는 없다. LG가 점수를 뽑고 위기에서 탈출하면 약 2만 3000명이 무시무시한 에너지를 불어넣겠지만 경기는 0-0부터 시작이다. LG에서 가장 믿음직한 투수인 켈리도 다소 긴장된 모습으로 마운드에 섰다.

1회 초 첫 타자 김상수를 상대로 던진 공 3개가 내리 스트라이크존에서 벗어났다. 불리한 카운트에서 중전 안타를 허용했고 출루한 김상수는 2루를 훔친 후 포수 박동원의 송구 실책으로 3루까지 진루했다. 2번 타자 황재균의 유격수 땅볼에 3루 주자 김상수가 홈을 밟아 KT가 한국시리즈 첫 득점에 성공했다. LG도 곧바로 반격했다. 1회 말 박해민과 김현수가 연속 안타를 터뜨렸다. 1사 1,

3루에서 오스틴이 2루 땅볼을 쳤는데 김상수의 실책으로 1-1 동점이 됐다. 오지환의 우전 안타. 문보경의 희생플라이로 LG가 2-1로 역전했다.

이후에는 혼란 속 호각세였다. 결과적으로 양 팀 선발 투수는 제 몫을 했다. 켈리는 6.1이닝 2실점(1자책). 고영표는 6이닝 2실점(1자책)이었다. 다만 수비가 문제였다. 이날 LG는 실책만 4개를 범했다. 1회 박동원의 송구 실책 이후 2회 문보경의 포구 실책, 오지환은 4회와 9회 두 차례 송구 실책을 범했다. 마냥 흔들리기만 한 것은 아니었다. 진기명기도 나왔다. 2회 초 무사 1, 2루에서 한국시리즈 역대 두 번째 트리플 플레이가 나왔다. 문상철의 번트 타구에 LG 내야진이 완벽하게 반응했다. 포수 박동원의 3루 송구부터 3루 백업을 들어온 오지환의 1루 송구, 1루 백업에 들어온 신민재의 3루 송구까지 그림처럼 아웃카운트 3개가 한 번에 올라갔다.

에러는 나왔지만, 기본적인 백업 플레이에는 충실히 임하는 모습이었다. 트리플 플레이 외에 호수비도 있었다. 다만 우려했던 타격 문제가 드러났다. 4회 말 2, 3루 찬스를 살리지 못했고 7회부터 9회까지 3이닝 연속 삼자범퇴로 허무하게 물러났다. 9회 초 기대와 우려를 두루 안고 등판한 고우석이 문상철에게 적시

2루타를 맞았다. 2-3 KT의 승리. LG의 패배로 용광로 같았던 잠실구장 한국시리즈 1차전에 마침표가 찍혔다.

반격을 위한 잠깐의 숨 고르기

동요는 없었다. 켈리는 1차전이 끝난 후 팀 분위기에 대해 "당연히 우리 모두 패배에 분노하고 아쉬워했다. 하지만 지난 4년 포스트시즌 패배와는 다른 느낌이었다. 한국시리즈가 최대 7경기를 치르는 긴 승부임을 모두가 알고 있는 듯 금방 침착해졌다. 타자들도 1차전 타격감이 우려했던 것보다는 좋다고 했다. 불펜에는 아직 나오지 않은 투수가 많았다. 예전처럼 패닉에 빠지지 않았다, 그래서 충분히 반격할 수 있다고 봤다"고 회상했다.

염경엽 감독은 "전체적인 경기 감각은 나쁘지 않은 것 같다. 실책도 득점으로 연결된 부분이 없어 크게 신경 쓰지 않는다"며 "다만 LG 팬들이 정말 많이 오셨는데 이기는 경기를 보여드리지 못한 게 죄송스럽다. 내일은 꼭 이겨서 팬들이 웃으면서 가실 수 있게 하겠다"고 다짐했다.

더불어 2점에 그친 타선과 결승타를 맞은 고우석에 대한 신뢰도 전했다. 염경엽 감독은 "타순은 그대로 갈 것이다. 고우석도 몸 상태는 괜찮은 것 같다. 변화구 실투 하나를 맞았는데 빠른 공 구위는 나쁘지 않았다. 부상 걱정이 많았는데 아프지 않아서 기대된다. 다음 경기 잘 해줄 것"이라고 자신 있게 2차전 반격을 외쳤다.

"선수들이 예전처럼 패닉에 빠지지 않았다.
충분히 반격할 수 있다고 봤다."
— 케이시 켈리

역대 최고 명승부, 2023 LG트윈스 야구의 모든 것

켈리가 느낀 패배 후 동료들의 모습은 거짓이 아니었다. 2차전 이전과 1차전 이전 선수들의 모습에서 달라진 점을 찾기 어려웠다. 과거 포스트시즌과 달랐다. 한 번의 패배에 좌절하고 기죽지 않았다. 우승을 경험한 베테랑들이 앞장서서 자신들의 한국시리즈 우승 공식을 전파한 것도 이전의 LG와 다른 모습이었다.

2014년 삼성 소속으로 한국시리즈 우승을 경험한 박해민은 "나는 1차전에서 져야 우승했다. 걱정하지 말라"고 후배들을 향해 목소리를 높였다. 2014년 삼성은 넥센과 한국시리즈 1차전에 패했으나 시리즈 전적 4승 2패로 정상에 올랐다. 그러면서 1차전에서 못한 것보다 잘한 것을 강조했다. 문성주가 호수비를 보였고 비록 자신이 4회 2, 3루 찬스를 살리지 못했어도 타격감은 좋다면서 활약을 예고했다.

함덕주도 그랬다. 두산에서 처음 한국시리즈 우승을 경험한 2015년. 마찬가지로 1차전에서 졌지만, 마지막에 웃

선발 라인업	
SP	최원태
RF	홍창기
CF	박해민
DH	김현수
1B	오스틴
SS	오지환
3B	문보경
C	박동원
LF	문성주
2B	신민재

경기 결과

11월 8일(수)
오후 6시 30분
잠실야구장
LG트윈스 VS KT위즈
❺ - ❹

었다고 투수들에게 승리 공식을 전파했다. 당시 두산은 1차전 패배 후 2차전부터 5차전까지 모두 승리하며 14년 만에 우승 트로피를 들어올렸다.

이 분야 최고도 있었다. 이종범 코치였다. 현역 시절 한국시리즈 무대에서 좌절한 적이 없는 이종범 코치다. 준우승 없이 네 차례 한국시리즈 우승을 경험했다. 사위 고우석에게 "한국시리즈를 모두 이긴 내가 있다. 내가 있기 때문에 우리는 지지 않는다"며 1차전 패배 후 용기를 불어넣었다.

흔들려도 완벽한 봄,
아니 가을은 찾아온다

이렇게 LG 선수들은 1차전처럼 2차전에 임했다. 그런데 시작이 너무 어두웠다. 시즌 중 트레이드로 야심 차게 영입한 최원태가 1회부터 흔들렸다. 정확히 말하면 1회 이전부터 스트라이크를 던지지 못했다. 시구자로 선정된 배우 정우성이 마운드에 오르기 이전부터 연습구로 던진 공이 스트라이크존 바깥으로 빠져나갔다.

영화 〈서울의 봄〉 홍보 차원에서 시구자로 정우성이 나섰지만 LG의 봄은 영원히 오지 않는 것 같았다. 최원태는 1회 초 김상수에게 스트레이트 볼넷. 황재균에게 중전 안타. 알포드에게 볼넷을

범해 무사 만루로 몰렸다. 박병호가 3루 땅볼에 그쳤고 3루 주자 김상수가 홈에서 포스 아웃됐으나 행운은 여기까지였다. 장성우에게 2타점 2루타를 맞았다. 1차전에 이어 2차전도 선취점 허용. 과정은 1차전보다 훨씬 더 엉망이었다.

그런데 달라진 것은 선수들의 자세와 마음가짐뿐이 아니었다. 벤치도 달랐다. 2022년 플레이오프 2차전을 어제 일처럼 기억하는 듯 빠르게 불펜을 가동했다. 최원태가 김상수에게 볼넷을 범하는 순간부터 불펜이 움직였다. 이정용이 불펜에서 몸을 풀었다. 장성우가 2루타를 치자 최원태가 내려가고 이정용이 마운드에 올랐다.

아무리 한국시리즈라 해도 보기 힘든 선발 투수의 0.1이닝 소화 교체가 이뤄졌다. LG 지휘봉을 잡은 후 염경엽 감독은 "단기전은 단순해야 한다. 그리고 후회 없이 빠르게 결정해야 한다"고 말한 바 있다. 그때 외침이 1루 더그아웃과 불펜, 마운드에서 울려 퍼졌다. 인생 처음으로 1회에 구원 등판한 이정용은 배정대에게 2타점 적시타를 맞았다. 거기까지였다. 1차전 MVP 문상철을 포크볼로 잡았고 포수 박동원이 배정대의 2루 도루를 완벽한 송구로 저지했다. 1차전 1회 송구 에러와는 완전히 다른 100점짜리 도루 저지였다. 절망 속에서

희망의 빛이 보였다.

곧바로 반격하지는 못했다. 그만큼 KT 선발 투수 쿠에바스의 공도 뛰어났다. 쿠에바스는 1차전 고영표처럼 LG 좌타자들의 몸쪽을 적극적으로 공략했다. 몸에 맞는 볼을 각오한 채 정타만은 내주지 않겠다는 쿠에바스의 마음가짐이 드러났다. LG 타자들도 물러서지 않았다. 1차전에서 지겹게 몸쪽 공과 마주한 만큼 적극적으로 이에 대처했다. 자신 있게 인코스를 때려내는 스윙을 했다. '강 대 강'으로 맞섰다. 이 또한 지난 몇 년의 포스트시즌과 다른 모습이었다.

3회 말 오스틴이 적시타를 터뜨리며 추격에 시동을 걸었다. 마운드에서는 불펜이 총동원됐다. 2회까지 던진 이정용에 이어 정우영, 김진성, 백승현, 유영찬, 함덕주, 고우석이 총출동했다. 처음 있는 일은 아니었다. 정규시즌 144경기를 하면서 단 한 번도 경기 초반부터 백기를 든 적이 없는 LG다. 에이스 켈리가 부진할 때도 켈리를 초반에 교체하고 불펜을 투입했다. 1년 동안 해온 불펜 운영이기에 중간 투수들도 당황하지 않았다.

철벽같은 쿠에바스를 오지환이 두드렸다. 6회 말 쿠에바스의 초구 컷패스트볼을 강타해 우측 담장을 넘겼다. 한국시리즈 첫 홈런이 터졌고 희망이 현실로 다가오기 시작했다. 염경엽 감독과 이호준 타격 코치가 강조한 초구 공략이 완벽히 적중했기에 과정에도 의미가 있었다.

7회 말에는 2사 후 집중력을 발휘했다. 1차전에서 제대로 대응하지도 못했던 손동현과 박영현을 무너뜨렸다. 박해민이 손동현에게 볼넷을 골라 출루했고 김현수가 박영현에게 적시 2루타를 터뜨렸다. 3-4. 턱밑까지 KT를 따라잡았다.

약속의 8회 말

드라마의 완성은 8회 말이었다. 이번에도 과정이 빛났다. 선두 타자 오지환이 볼넷을 골랐고 무사 1루에서 문보경이 희생 번트에 성공했다. 1년 전 플레이오프에서 번트 실패로 눈물을 흘렸던 과거의 자신과 기분 좋게 이별한 문보경이다.

문보경은 한국시리즈를 준비하는 과정에서 번트에 대해 "너무 잘 대려고 하면 더 어려운 게 번트인 것 같다. 나는 번트로 안타를 만들 수 있는 선수가 아니다. 그냥 주자만 진루시키면 된다는 생각으로 편하게 대겠다. 이번 한국시리즈에서는 꼭 번트 상황에서 잘하는 모습을 보여드리겠다"고 다짐했다. 그 다짐이 한국시리즈 두 번째 경기에서 실현됐다.

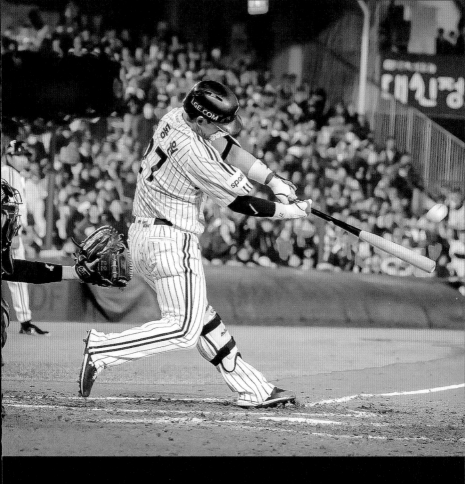

"관중석을 보면 유광 점퍼와
노란색 수건을 두른 팬들이 정말 많았다.
우리는 2만 명과 힘을 합쳐 싸우고 있다고
생각한다. 정말로 큰 힘이 된다."

1사 2루. 박동원이 박영현의 초구 체인지업을 강타했다. 타구가 큰 포물선을 그리며 좌중간을 갈랐다. 떨어질 듯 떨어지지 않았다. 담장 너머의 관중석을 향했고 그 순간 폭발할 것 같았던 잠실구장의 시간이 잠시 멈춘 듯했다. 타구가 관중석으로 낙하. 약 1초 후 잠실구장이 대폭발했다. 5-4로 LG가 역전에 성공했다. 염경엽 감독이 고대한 5월 월간 MVP 모드의 박동원이었다.

"우승에 대한 부담보다는 좋습니다. 우승을 노릴 수 있는 강팀에 왔다는 게 제게는 부담이라기보다는 동기부여가 되는 것 같습니다."

2022년 겨울 처음으로 유광 점퍼를 입은 박동원의 LG 입단 소감이었다. 당시만 해도 박동원은 비시즌에도 선수단 전체가 유광 점퍼를 입은 모습을 신기하게 바라봤다. 그는 "다른 구단은 이렇게 점퍼를 통일해서 입지 않는다. 신기하게 LG는 선수단 전체가 겨울에 똑같은 이 유광 점퍼를 입고 있다. 처음에는 규율 같은 건 줄 알았다. 물어보니 그건 아니라고 하더라"고 미소 지었다.

빠르게 적응하지는 못했다. 과거 히어로즈에서 함께 했던 김민성과 허도환이 있었

으나 스프링 캠프에서 박동원은 보기보다 낯을 가렸다. 그때 김현수가 나섰다. 훈련마다 "박동원 어딨어!" "박동원 또 도환이 형하고만 놀지!"라고 크게 외쳤다. 바로 옆에 박동원이 있는데 늘 박동원을 외치고 박동원을 찾았다. 김현수의 외침에 박동원은 물론 선수단 전체에 웃음이 번졌다. 애리조나 스코츠데일 하늘을 가르는 김현수의 샤우팅으로 박동원은 빠르게 LG 선수들과 가까워졌다.

염경엽 감독은 오랜만에 재회한 박동원의 타격에 놀라움을 감추지 않았다. 포수로서 기량은 출중했으나 타자로서 너무 극단적인 타격을 한다는 선입견을 지웠다. 염경엽 감독은 "캠프에서 동원이가 훈련하는 모습, 타격하는 모습을 보니 과거의 동원이가 아님을 알게 됐다. 지금의 동원이라면 타자로서 좋은 성적을 기대할 수 있다고 본다"고 밝혔다.

그 성적이 5월 23경기 타율 0.333 9홈런 25타점 OPS 1.184로 현실이 됐다. 한국시리즈에 앞서 5월 MVP 박동원 모드를 외쳤던 염경엽 감독의 희망이 2차전 8회 말 홈런을 통해 이뤄졌다.

"지금 우리 선수들은 그 어느 때보다 우승에 대한
열정과 절실함이 강하다." — 염경엽 감독

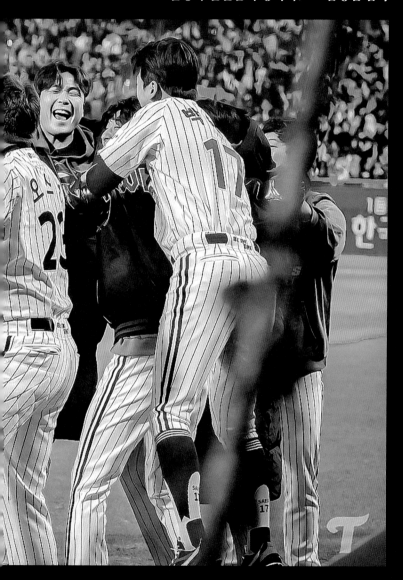

2014년 11월 한국시리즈는 염경엽 감독과 박동원 모두에게 잊고 싶은 악몽이었다. 그해 한국시리즈 6차전 후 박동원은 삼성의 우승 세리머니를 등지고 잠실구장에서 쓸쓸히 퇴장했다.

"6차전에서 지고 야구장을 나가는데 홈플레이트 쪽에 하얀 꽃가루 같은 게 엄청나게 날리더라. 나도 모르게 뒤를 돌아보다가 그 모습을 봤는데 정말 멋져 보였다. 나중에 나도 꼭 우승해서 저 자리에 있고 싶다는 생각이 들었다. 올해는 꼭 그 자리에 있고 싶다."

준우승에 그쳤던 2014년과 2019년. 그리고 2023년 세 번째 한국시리즈 우승 도전을 앞두고 전한 박동원의 각오였다. 2차전 8회 말 역전포로 우승 세리머니로 향하는 굵직한 발자국을 찍었다. 스스로 인정한 커리어 최고의 '인생 홈런'이었다.

후회 없이 펼친 인생 최고의 경기

1루 더그아웃과 관중석은 환호를 넘어 울음까지 터졌다. 9회 초 고우석이 등판해 완벽하게 역전승을 완성했다. 1차전과 달리 빠른 공의 커맨드가 이뤄졌고 커브 또한 날카롭게 떨어졌다. 마지막 아웃카운트가 올라간 순간, LG 구단 역사상 최고의 경기가 완성됐다. 8.2이닝 무실점을 합작한 7명의 중간 투수. 초구부터 놓치지 않은 적극적인 타자. 늘 오늘이 마지막 날인 것처럼 절실하게 그라운드에 오른 LG 선수단의 2023 시즌 야구가 한국시리즈 2차전에서 모두 펼쳐졌다.

2차전 후 염경엽 감독은 "지금 우리 선수들은 어느 때보다 우승에 대한 열정과 절실함이 강하다고 생각한다. 그 절실함으로 승리할 수 있었다"며 "이번 승리가 나는 물론 우린 선수단 전체에 자신감을 만들어줬다. 우리 젊은 중간 투수들이 한국시리즈라는 큰 무대에서 어려움을 겪지 않을까 걱정했다. 그런데 오늘 좋은 경험 하면서 내게 많은 카드를 만들어줬다"고 말했다.

한국시리즈 2차전 승리로 LG는 가을 악몽과 당당히 이별했다. 그만큼 2차전 승리는 대단했다. LG에 있어 이 경기는 과정과 결과 모두 더할 나위 없이 소중했다.

혼자 숨어서 울었던
21세 유격수,
그리고 캡틴

"7차전 승부에서는 홀수 경기가 중요하다. 단순히 1, 3, 5, 7차전을 이기면 되는 것 아닌가. 홀수 경기만 이겨도 우승할 수 있다. 우승 흐름도 자연스럽게 만들어진다."

2014년 처음 사령탑으로 한국시리즈 무대에 올랐던 염경엽 감독의 승리 공식은 홀수 경기 승리였다. 에이스 앤디 밴 헤켄을 1, 4, 7차전 선발 투수로 내정했고 밴 헤켄이 나온 3경기 외에 한 경기만 승리하면 정상에 오를 수 있다고 계산했다. 즉 7차전 승부가 아니면 당시 한국시리즈에서 마주한 삼성을 이기는 법은 없다고 봤다.

그만큼 객관적인 전력에서 차이가 컸다. 야수진은 백중세였으나 마운드 뎁스에서 두 팀은 너무 달랐다. 선발진과 불펜진 모두 삼성이 넥센을 압도했다. 사실상 선발은 밴 헤켄과 소사 2명, 불펜진은 조상우, 한현희, 손승락 3명이 전부였다. 당시 관중석에 자리한 넥센 팬들처럼 투수들도 일당백으로 삼성과 맞섰다.

하지만 예상치 못한 수비 실책이 나왔고 2014 한국시리

선발 라인업	
SP	임찬규
RF	홍창기
CF	박해민
DH	김현수
1B	오스틴
SS	오지환
3B	문보경
C	박동원
LF	문성주
2B	신민재

경기 결과

11월 10일(금)
오후 6시 30분
수원KT위즈파크
LG트윈스 VS KT위즈
8 - 7

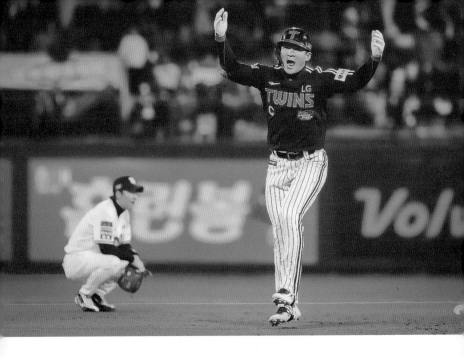

즈는 7차전이 아닌 6차전에서 끝났다. 6차전 패배 후 염경엽 감독은 공식 인터뷰 자리에서 하염없이 쏟아지는 눈물을 참지 못했다. 잠시 인터뷰가 중단될 정도로 분함과 안타까움이 가슴속을 가득 채운 모습이었다.

9년 후 다시 마주한 한국시리즈를 놓칠 수 없다고 강조했다. 언제 다시 올지 모르는 우승 기회를 잡아야 그다음도 있다고 봤다. 더불어 9년 전과 달리 풍부한 불펜진에 대한 자신감을 강조했다. 2차전 승리 후 "많은 카드"를 외친 염경엽 감독 모습에서 2014년 한국시리즈 패배를 되풀이하지 않는다는 확신이 보

였다. 더불어 홀수 경기인 3차전 승리를 향한 다짐도 드러났다.

외나무다리 승부, 반드시 이긴다

분위기는 LG 쪽으로 왔다. 경기장 분위기도 그랬다. 잠실구장만큼은 아니어도 수원KT위즈파크 또한 유광 점퍼와 노란 수건이 거대한 파도를 이뤘다. 타자들은 2차전 홈런 두 방과 함께 정상 궤도에 올랐다. 3차전에 앞선 타격 훈련부터 장타를 신나게 쏘아올렸다.

하지만 사령탑 머릿속에 100퍼센트는 없다. 흐름상 유리한 3차전이지만 승리를 장담하지는 못한다. 그래서 선발 로

테이션 변화도 각오했다. 3차전에서 패하면 에이스 켈리를 4차전에 내기로 했다. 3차전 중반, 켈리와 김윤식이 모두 더그아웃을 떠난 이유도 여기에 있었다. 둘은 밤 경기 후 낮 경기인 4차전 선발을 위해 서둘러 숙소로 돌아갔다.

즉 외나무다리 승부였다. 3차전을 패하는 팀이 사실상 벼랑 끝에 몰린다는 것을 염경엽 감독과 이강철 감독 모두 인지했다. 시작은 임찬규와 벤자민의 선발 대결이었으나 승부처는 경기 중후반 불펜 대결로 예상됐다. 그만큼 양 팀 선수들의 집중력이 높았다. 단 하나의 실투도 용납하지 않을 정도로 타자들은

날을 세운 채 타석에 섰다.

실제로 양 팀 총합 26안타가 터진 난타전이었다. 타자들이 기 싸움에서 투수를 이겼다. 3회초 LG는 오스틴의 3점 홈런으로 선취점을 뽑았다. 침묵했던 리드오프 홍창기가 1회에 이어 3회에도 안타를 치면서 본격적으로 시동을 걸었다. 박해민이 볼넷을 골랐고 2사 2, 3루에서 오스틴이 벤자민의 몸쪽 공을 공략했다. 장성우가 인코스 높은 지점을 요구했으나 탄착 지점이 아래로 형성됐다. 오스틴이 만든 강한 타구가 왼쪽 파울폴을 강하게 때렸다. 정규시즌 내내 괴롭혔던 벤자민을 상대로 가장 중요한

순간 대포를 쏘아 올렸다.

장군멍군이었다. KT도 물러서지 않았다. 3회 말 황재균의 적시 2루타로 LG를 추격했다. 5회 말에는 실책으로 잡은 찬스를 완벽히 살렸다. 1사 1루에서 오지환이 귀신에 홀린 듯 장성우의 타구를 포착하지 못해 실책을 범했다. 타석에는 다리가 빠르지 않은 장성우가 있었는데 마치 서둘러 승부해야 하는 것처럼 타구를 향해 대시했다가 공을 놓쳤다. 이 실책은 좌익수 문성주의 송구 실책으로도 이어졌다. 1사 2, 3루가 됐고 김민혁, 알포드, 조용호가 적시타를 날려 3-4로 KT가 역전했다.

손에 잡힐 듯한 승리

보통의 경기였다면 이대로 KT가 흐름을 주도하며 끝났을지도 모른다. 그러나 그라운드에 있는 모두가 이대로 끝나지 않을 경기임을 알고 있었다. 6회 초 LG는 박동원의 2점 홈런으로 다시 리드했다. 2차전 큰 포물선을 그린 홈런과 달리 맞자마자 홈런임을 직감할 수 있는 타구를 날렸다.

끝이 아닌 승부에 새로운 장을 만드는 홈런이었다. KT도 장타를 가동했다. 8회 말 고우석에 맞서 황재균의 적시 2루타, 박병호의 2점 홈런이 터졌다. 슬럼프에 빠졌던 박병호가 세 번째 타석에서 정우영의 빠른 공을 공략하더니 8회 말 다섯 번째 타석에서는 고우석의 속구도 강타했다.

2002 한국시리즈 당시 침묵하던 이승엽이 시리즈 막바지에 폭발하며 LG에 악몽을 선사한 것처럼, 이번에는 박병호가 21년 전의 악몽을 살려내는 듯싶었다. 9회 초를 앞두고 5-7. 시리즈에서 가장 중요한 3차전 승기를 KT가 잡는 것 같았다.

야구는 끝날 때까지 끝난 게 아니다. 9회 초 김재윤이 마운드에 오르는 순간 LG 타자들의 머릿속에 이 문구가 강하게 자리했다. 성공 체험은 용기를 선물

한다. LG는 여러 번 김재윤을 상대로 드라마를 만들었다. 작년 정규시즌 마지막 경기에서도 김재윤을 무너뜨린 바 있다.

2사 1루. 벼랑 끝에서 오스틴이 고도의 집중력을 발휘했다. 볼카운트 0-2에서 7구 승부 끝에 볼넷을 골랐다. 두 번째 타석에서 홈런, 세 번째 타석에서 2루타를 친 타자가 욕심을 버리고 출루만 바라봤다. 볼넷을 고르는 순간 안타를 친 것처럼 환호하며 1루로 향했다. 이대로 물러날 수 없음을 선수단을 대표해 외쳤다.

2사 1, 2루에서 LG는 또 한 편의 드라마를 완성했다. 타석에 선 오지환을 향해

김재윤은 긴장한 듯 크게 빠진 공을 던졌다. 포수 장성우가 마운드에 올라 김재윤의 주위를 환기시켰다. 다시 승부. 오지환은 김재윤의 2구 실투를 놓치지 않았다. 맞자마자 홈런을 직감할 수 있는, 우측 담장을 훌쩍 넘기는 대형 스리런포를 쏘아올렸다.

한 번도 맞이하지 않은 그 순간을 위해

15년 동안 고대했던 순간이었다. 이 순간을 맞이하기 위해 몹시 아프기도 했다. 2009년 미완의 유격수로 입단한 오지환은 지탄의 대상이었다. 입단 2년차인 2010년 27개의 에러를 범했다. 오지환만의 잘못은 아니었다. 고교 시절 주 포지션이 투수였던 그를 과감히 유격수로 기용한 코칭스태프의 잘못일지도 모른다. 이제 겨우 만 스무 살의 어린 선수에게 격려보다는 부담을 가중한 몇몇 선배들의 잘못도 크다. 지금의 LG와는 비교할 수도 없이 빈약한 뎁스를 이룬 프런트의 잘못 또한 매우 크다. 당시 LG는 제대로 된 육성 시스템조차 갖추지 못했다. 암흑기 동안 끊임없이 쌓인 스트레스가 약관(弱冠)인 오지환에게 향했다.

이후 아시안 게임 촌극 등 여러 가지 사건이 꼬리를 물고 오지환을 향했다. 보통의 선수라면 이미 유니폼을 벗고 사라졌을지도 모른다. **오지환은 모든 것을 이겨냈다.** 한국시리즈 2차전에서 추격 시작점을 찍는 홈런을 쳤고 3차전에선 예전처럼 에러를 범했으나 승리를 이끄는 9회 2사 후 홈런을 터뜨렸다.

상처와 눈물 없이는 성장할 수 없는 게 프로 무대인지도 모른다. 그래서 때로는 너무 잔인하게 다가온다. 2014년 염경엽 감독의 눈물, 20대 초반 수비 실책 후 라커룸에 들어가지 못한 채 홀로 흘린 오지환의 눈물이 11월 10일 수원에서 환희의 눈물로 바뀌었다.

이들의 눈물에 야구의 신도 LG 손을 잡았나 보다. 9회 말 1사 1, 2루에서 이정용은 가장 어려운 타자 배정대와 마주했다. 초구 포크볼이 크게 바운드되면서 폭투. 1사 2, 3루로 몰렸다. 1루가 비었고 염경엽 감독은 배정대 상대로 자동 고의4구를 지시했다. 배정대를 피하면서 1루를 채우고 포스 아웃 상황에서 다음 타자와 승부를 보는 게 낫다고 판단했다.

결과적으로 이 폭투 하나가 LG를 살렸다. 1사 만루에서 김상수가 이정용의 2구 슬라이더에 땅볼. 땅볼이 기가 막히게 이정용 정면을 향했다. 1-2-3 더블 플레이와 함께 미친 경기가 완성됐다. 8-7로 승리. LG가 시리즈 전적 2승 1패로 리드했다.

"공이 왔을 때는 정말 큰일 났다 싶었다.
생각을 아예 하지 못했다.
그래도 '이런 역할은
내가 한다'라고
긍정적으로 준비해서
좋은 결과가 나왔다."
— 이정용

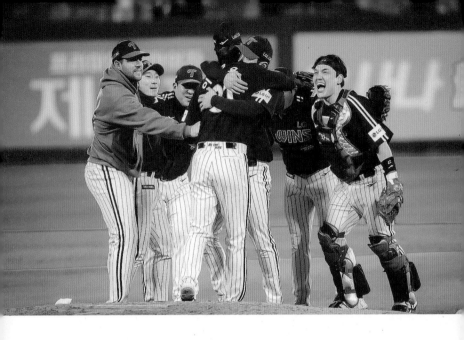

경기 후 오지환은 우승을 응시했다. 그는 "나는 15년이고, 팬들은 29년이다. 한 번도 오지 않은 순간이다. 우승이 가장 큰 목표"라며 당당히 정상 등극을 외쳤다.

9회 3점 홈런 순간을 두고 "우리 선수 모두 간절했다. 나도 간절했고 오스틴도 간절했다. 오스틴이 계속 파울을 치면서 버텼냈다. 출루만 했으면 좋겠다고 생각했다. 내가 나갔을 때 안타를 쳐서 뒤로 찬스를 연결할 수도 있었다. 가장 좋은 결과, 큰 결과가 나왔다"면서 "김재윤의 초구가 빠졌다. 1볼이 됐고 바로 다음에 빠른 공이 올 것으로 봤다. 절대 놓치지 않고 돌려야 한다고 생각했다. 한 번에 맞아떨어졌다. 거짓말처럼 그렇게 됐다"고 돌아봤다.

정규시즌 꾸준히 이룬 역전승. 한국시리즈 2차전에 이어 3차전도 역전승을 거둔 데에도 의미를 부여했다.

오지환은 "우리가 역전승이 가장 많은 것으로 알고 있다. 역전 찬스가 많이 올 것이라 믿는다. 우리 타선 배치가 그렇다. 장타자가 있고, 빠른 선수가 있고, 확률이 높은 선수가 있다. 그러면서 역전을 자주 만들 수 있다고 본다"면서 "롤렉스를 타고 싶은데 일단 우승이 첫 번째다. 우승하면 롤렉스는 그냥 내가 사서 차도 된다"고 극적으로 만든 이 흐름을 끝까지 이어갈 것을 강조했다.

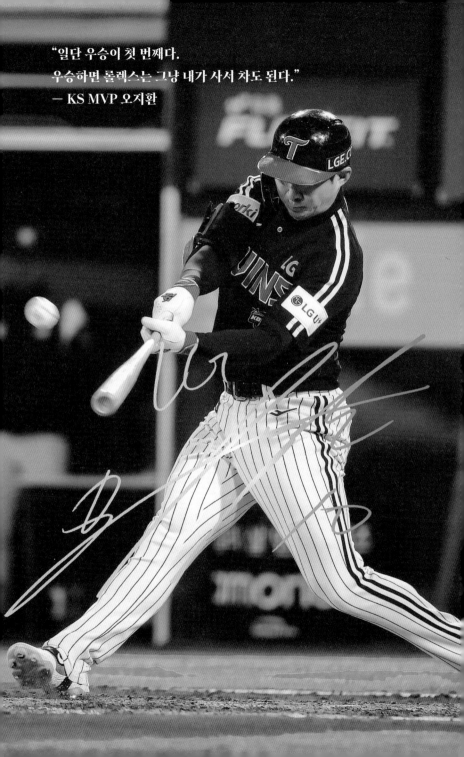

"일단 우승이 첫 번째다.
우승하면 롤렉스는 그냥 내가 사서 차도 된다."
― KS MVP 오지환

롤렉스와
아와모리 소주

어쩌면 당연한 자신감

사실 자신감이었다. 언제든 우승할 수 있다는 자신감의 증표로 당시 고가, 지금도 고가인 롤렉스 시계가 나왔다.

그럴 만했다. 1990년 MBC 청룡을 인수해 LG트윈스라는 이름으로 리그에 진입한 첫해부터 정상에 올랐다. 그로부터 4년 후인 1994년 그야말로 완벽한 전력을 자랑하며 두 번째 통합우승을 달성했다. 단순히 전력이 강한 게 아닌 신구 조화를 앞세워 현재와 미래를 두루 잡은 팀이었다.

무서울 게 없었다. 1994년 입단 3년 차 투수로서 우승 여정을 경험한 차명석 단장은 "그때 우리는 자신감이 넘쳤다. 승리가 당연했다. 긴 연패도 없었고 늘 승리했다. 그래서 우승도 자연스럽게 이뤄지는 것으로 생각했다. 이 정도면 앞으로도 꾸준히 우승할 수 있다고 봤다"고 1990년대 LG의 황금기를 회상했다.

1995년 당연할 것 같았던 2연패를 이루지 못했지만, 꾸준히 우승 후보로 꼽혔다. 1997년 해태와의 한국시리즈에서 이종범의 괴력에 밀려 준우승에 그쳤으나 다시 정상에 오를 찬스와 마주할 것 같았다.

모두의 염원을 담아

2018년 별세한 구본무 LG 초대 구단주의 생각도 다르지 않았다. 1998년 해외 출장에서 돌아오는 길에 다음 우승 때 한국시리즈 MVP에게 선물할 용도로 롤렉스 시계를 구입했다. 당시 프로 선수 최고 연봉이 2억 원이 되지 않았는데, 1998년 롤렉스 시계의 가격은 8000만 원 수준으로 알려졌다.

실제로 LG는 1998년에도 한국시리즈 무대에 올랐다. 2년 연속 정상 결전을 벌였다. LG 선수 중에는 한국시리즈 MVP 수상으로 롤렉스를 바라본 이도 있었을 것이다. 그러나 현대에 시리즈 전적 2승 4패로 지면서 2년 연속 한국시리즈에서 고배를 마셨다. LG의 다음 한국시리즈인 2002년까지만 해도 이 시계를 대중에 공개하는 데 이렇게 긴 시간이 필요할 줄은 몰랐다.

롤렉스 시계와 함께 주목받은 일본 오키나와산 아와모리 소주도 그랬다. 1994년 구본무 회장은 한국시리즈 우승 후 다음 우승에서 축배를 들기 위해 아와모리 소주 세 병을 구입했다. 그러나 롤렉스 시계처럼, 아와모리 소주 또한 오랫동안 개봉되지 못했고 이천 LG챔피언스파크 사료실에 자리했다.

긴 시간이 흐른 만큼 정비가 필요했다. 차명석 단장은 2021년 시계 장인에게 금고에 보관하고 있었던 롤렉스 시계의 수리를 맡겼다. 아와모리 소주는 뚜껑을 열지 않았음에도 상당수 증발했다. 구단 관계자가 이번 한국시리즈에 앞서 오키나와를 찾아 새로 세 병을 공수했다.

우승은 마음대로 할 수 없다. 그래도 야구는 계속된다. 롤렉스와 아와모리 소주는 영원한 야구 속에서 LG 선수단과 팬들의 염원을 상징했다. 2023년 한국시리즈 3차전 승리로 비로소 롤렉스 시계가 눈앞으로 다가왔다. 3차전까지는 오지환과 박동원의 각축전이었다. LG 구단 관계자는 한국시리즈 우승 기념 모자와 티셔츠는 물론 롤렉스 시계와 아와모리 소주도 준비했다. 잠실구장에서 열리는 5차전부터는 대기시켜 놓아야 했다.

KS4

단단히
다진 승기,
불면의 끝에서
건진 것들

최대 7경기가 진행되는 한국시리즈는
단기전과 장기전의 성격을 두루 지닌
다. 2연전-2연전-3연전 포맷으로 경
기가 진행된다. 즉 붙어 있는 경기는 단
기전 성격이 짙다. 반면 중간에 하루 휴
식 후 무대를 바꾸는 만큼 장기전 성격
도 띤다.

연전에서는 전날 경기 흐름이 이어질
가능성이 크다, 3차전과 5차전의 경우
전날 하루 휴식이 있어 흐름이 바뀔 때
가 많다. 과거 한국시리즈를 돌아봐도
그랬다. 장소가 바뀔 때마다 분위기도

요동쳤다. 비가 와서 경기가 취소될 때 특히 그랬다. 열세에 놓였던 팀이 우천 취소로 휴식을 취한 후 시리즈 흐름을 뒤집는 경우가 꾸준히 나왔다.

그런데 4차전은 전날 경기와 가장 촘촘하게 붙어 있는 단기전이었다. 3차전이 오후 6시 30분에 시작하는 저녁 경기, 4차전은 오후 2시에 시작하는 낮 경기다. 즉 어느 때보다 경기 간격이 짧다. 3차전 공기가 고스란히 남은 상태로 4차전에 임한다.

이는 LG에 큰 호재였다. 믿기지 않는 3차전 승리의 기운이 4차전으로 이어졌다. 수원KT위즈파크의 공기도 그랬다. 3차전 대폭발의 흔적이 4차전을 앞두고 남아 있었다. LG 선수들이 3차전의 설렘과 기쁨을 안은 채 훈련했지만, KT 선수들은 무거운 침묵 속에서 4차전을 준비했다. 양 팀의 희비가 극명하게 엇갈리기 시작한 시점이었다.

물론 흐름이 언제 어디서 바뀔지는 아무도 모른다. 그래서 선취점이 특히 중요한 4차전이었다. LG가 4차전 선취점에 성공한다면 시리즈 주도권을 단단히 움켜쥘 게 분명했다.

LG에 있어 4차전은 마운드 운영의 고비였다. 염경엽 감독이 이천에서 잠 못 이루는 밤을 보낸 이유도 4차전에 있었다. 고심 끝에 4차전 선발 투수를 김윤식으로 낙점했지만, 궁지에 몰리지 않도록 하나의 수를 더 준비했다. 3차전에서 패했다면 4차전 선발 투수는 김윤식이 아닌 케이시 켈리였다.

염경엽 감독은 4차전을 앞두고 "한국시리즈에서는 3승을 먼저 하는 팀이 매우 유리하다. 만일 우리가 3차전을 졌다면, 4차전은 절대 내주면 안 됐다. 상대가 먼저 3승을 하지 않도록 켈리의 4차전 등판도 계획했다"며 "켈리가 4차전 선발을 흔쾌히 받아줬다. 켈리가 우리 팀에 선

선발 라인업

SP	김윤식
RF	홍창기
CF	박해민
DH	김현수
1B	오스틴
SS	오지환
3B	문보경
C	박동원
LF	문성주
2B	신민재

경기 결과

11월 11일(토)
오후 2시
수원KT위즈파크
LG트윈스 VS KT위즈
15 - 4

발은 부족하지만, 불펜은 많은 것을 알고 4차전도 하겠다고 했다. 참 고마운 투수"라고 비록 실현되지는 않았으나 3일 휴식 후 4차전 선발을 수락한 켈리에게 고마움을 전했다.

덧붙여 염경엽 감독은 "오늘도 역시 총력전"이라고 목소리를 높였다. 2차전처럼 언제든 중간 투수를 투입하는 불펜 총력전을 예고했다. 김윤식이 호투하는 게 최상의 시나리오지만 늘 그랬듯 여러 가지 상황에 맞춰 간절하게 움직일 것을 다짐했다.

손끝에 닿은 우승, 무조건 끝낸다

시작부터 가벼웠다. 2차전 오지환으로 시작된 홈런 행진이 박동원, 오스틴에 이어 김현수에게 전달됐다. 김현수는 1회 초 2점 홈런으로 선취점을 뽑았다. 흔히 타격은 전염성을 지녔다고 한다. 타자 한 명의 활약이 동료들에게 전달되며 결과적으로 타선 대폭발을 이룰 때가 많다.

한국시리즈 4차전 LG 타선이 그랬다. 2차전부터 서서히 불이 붙은 뜨거운 방망이를 모든 LG 타자들이 잡고 타석에

섰다. 2회부터 4회까지 무득점으로 소
강상태였으나 김윤식이 작년 플레이오
프 3차전처럼 호투했다. 과감하게 KT
오른손 타자들의 몸쪽을 공략했고 주
무기인 체인지업도 자연스럽게 위력을
떨쳤다. 중간 투수 이정용의 호투와 선
발 투수 김윤식의 활약까지. 뜬눈으로
밤을 지새운 염 감독의 고민과 결단이
완벽히 적중했다.

5회 초 홍창기의 적시타. 그리고 6회 초
문보경의 2점 홈런이 터지자, LG가 완
전히 분위기를 주도했다. 6회 말 김윤

식이 1점을 허용했지만, LG는 7회 초
더 거세게 KT를 몰아붙였다. 7회 초 7
득점 빅이닝을 만들며 일찍이 승부에
마침표를 찍었다. 7회 오지환의 3점포
까지 이날도 홈런 3개가 터졌고 안타
수는 총 17개였다. 7회에 승기를 잡은
만큼 백업 선수들이 경기 막바지를 책
임졌다.

**15-4. LG의 완승으로 4차전이 끝났다.
시리즈 전적 3승 1패로 29년 한풀이까
지 이제 단 1승만 남았다.**

선수들은 눈앞으로 다가온 우승을 뚜렷

이 응시했다. 결승 홈런의 주인공 김현수는 "오늘 윤식이가 한 명이 아니라 10명 이상의 몫을 했다. 정말 잘 던졌다"고 후배를 칭찬하면서 "지금 우리는 다음이 없는 팀처럼 야구하고 있다. 앞으로도 마찬가지일 것이다. 5차전이 마지막인 것처럼 플레이하겠다"고 각오를 다졌다. 5차전 승리 투수 김윤식은 2002년 이후 최초 LG 한국시리즈 선발승을 올린 것에 대해 "그때 나는 3살이었다"고 웃으면서 "이제 내 역할은 응원단장이다. 열심히 우리 선수들을 응원하겠다"고 미소 지었다. 더할 나위 없이 후련한 웃음이었다.

오지환은 김현수처럼 5차전 한국시리즈 종료를 외쳤다.

"무조건 끝낼 생각이다. 다시 긴장하면서 다잡고 있다. 6, 7차전까지 갈 일은 없다. 거기까지 생각하지 않겠다. 기세로 보나, 분위기로 보나 우리가 우위다. 타격감도 그렇다. 5차전에서 끝나지 않을까 생각한다."

4차전 종료에 앞서 붉은 노을이 LG의 뜨거운 승리를 반겼다. 1차전 후 다시 야구장을 찾은 구광모 회장은 선대 회장의 뜻을 이어가듯 뜨겁게 응원전에 참전했다. LG 팬들과 하나가 돼 파도타기에 참여했고 경기 내내 선수들에게 아낌없는 박수를 보냈다.

경기 후 한참 동안 LG 팬들의 응원이 야구장을 감싼 채 울려 퍼졌다. 이를 들은 이호준 타격 코치는 "정말 끝내주네"라며 당시의 기분을 짧고 굵직하게 표현했다.

"지금 우리는 다음이 없는 팀처럼 야구하고 있다.
앞으로도 마찬가지일 것이다.
5차전이 마지막인 것처럼 플레이하겠다." — 김현수

승리의 함성을
다 같이 외쳐라

다시 잠실구장. 집으로 돌아왔다. 떠날 때는 1승 1패 호각세였는데 돌아오는 시점에서는 3승 1패다. 많은 이들이 참 오랫동안 고대했던 그 순간이 다가왔다. LG트윈스 구단 역사에 남을 2023년 11월 13일이 될 것을 확신한 듯 경기 시간 3시간 전부터 잠실구장은 인산인해를 이뤘다. 야구장에 입장하지 못해도 분위기를 함께하기 위한 팬들이 야구장 밖에서도 집결했다. 모두가 유광 점퍼를 입고 야구장 안팎을 가득 메웠다.

한국시리즈 1, 2차전 이상의 분위기였다. 또다시 3루 측도 유광 점퍼와 노란 수건으로 도배됐다. 2차전 박동원의 결승 홈런과 같은 화산 폭발이 언제든 일어날 것 같았다. 류현진, 김하성, 이정후 등 슈퍼스타들도 야구장을 찾았다. '29년 만의 우승'은 모든 이들에게 각별한 의미로 다가온다는 것을 다시 느끼게 했다.

LG 그룹도 마찬가지였다. 최초로 구광모 구단주, 구본능 구단주 대행, 구본준 전 구단주가 나란히 잠실구장을 찾

선발 라인업	
SP	켈리
RF	홍창기
CF	박해민
DH	김현수
1B	오스틴
SS	오지환
3B	문보경
C	박동원
LF	문성주
2B	신민재

경기 결과

11월 13일(월)
오후 6시 30분
잠실야구장
LG트윈스 VS KT위즈
6 - 2

았다. 여의도에서나 볼 수 있는 광경이었다. 여의도와 다른 점은 유광 점퍼였다. LG 팬들과 한마음으로 유광 점퍼를 입고 새로운 역사가 탄생하는 순간을 고대했다.

선수들은 동요하지 않았다. 대업을 눈앞에 두고 자신감을 유지하되 그 어느 때보다 침착하게 경기를 풀어갈 것을 다짐했다. 5차전에 앞서 염경엽 감독은 "선수들에게는 페넌트레이스에서 우리가 해온 것을 잘 지키면서 가자고 했다. 우리가 이겨온 과정을 다시 만들자고 했다"며 차분히 마지막 지점을 통과하는 모습을 그렸다.

2차전을 기점으로 불펜 대결에서 앞서는 것에 대해서도 "상대도 충분한 휴식을 취했다. 쉬운 경기는 없다고 생각한다. 오늘 5차전부터 7차전까지는 또 1, 2, 3차전처럼 치열할 것으로 본다. 그래서 오늘이 5차전이 아닌 1차전이라고 생각하겠다. 다시 최선을 다하겠다. 야구가 감독이 이기고 싶다고 이기는 것은 아니지만 우리가 해야 할 것을 충실하게 하면서 승리 확률을 높이는 운영하겠다"고 재차 마음을 다잡았다.

염경엽 감독이 5차전을 1차전과 비유한 데에서 드러나듯, 5차전은 1차전과 같은 장소, 같은 선발 투수 매치업이었다. 켈리와 고영표가 나란히 마운드에 섰다. 경기 초반부터 수비 에러가 나왔고 켈리와 고영표 모두 실점 위기에 놓였다. 하지만 두 투수 모두 특유의 노련함으로 위기를 극복했다.

마지막으로 향하는 순간, 우리는 하나가 된다

0-0 흐름은 3회 말에 요동쳤다. 문성주가 중전 안타, 신민재가 볼넷으로 무사 1, 2루 찬스를 만들었다. 홍창기의 희생번트로 1사 2, 3루. 박해민은 1차전과 흡사한 상황에서 다시 고영표를 마주했다. 당시에는 득점권 찬스에서 삼진으로 물러났는데 이번에는 아니었다. 1차전과 달리 고영표의 몸쪽 공에 대응했다. 그리고 실투성으로 들어온 체인지업을 공략해 2타점 2루타를 터뜨렸다. '박해민 쇼'의 시작이었다. 2루타 후 3루를 훔친 박해민은 고영표와 KT 내야진을 압박했다. 김현수의 타구에 1루수

박병호가 실책을 범해 박해민은 홈을 밟았다. 2타점 2루타에 3루 도루, 그리고 득점까지 3회 LG가 뽑은 3점이 모두 박해민을 통해 나왔다.

공격 다음은 수비였다. 4회초 KT의 반격을 차단하는 그림 같은 수비를 펼쳤다. 2사 1, 2루. 대타 김민혁을 기용하며 KT도 승부수를 던졌다. 켈리의 초구 커브를 김민혁이 공략했고 타구는 아무도 없는 좌중간을 갈랐다. 기록지에 김민혁의 2타점 2루타가 적힐 것 같았다. 그런데 아무도 없던 곳에 박해민이 나타났다. 바람처럼 등장해 다이빙 캐치로 김민혁의 타구를 잡아냈다. 중계방송 화면을 봐도 아무도 없는 곳에 타구가 날아가고 있었는데 순식간에 박해민이 날아올랐다. 한국시리즈 역사에 남을 '더 캐치'였다.

"공을 잡은 순간 '우리가 이겼다'
'우리가 우승하겠구나' 확신이 들었다."
— 박해민

박해민은 승리를 확신한 듯 어퍼컷 세리머니를 했다. 박해민의 수비에 입이 떡 벌어진 LG 선수들도 함께 환호했다. 잠실구장이 2차전 박동원의 홈런 때처럼 폭발했다. 사실상 우승을 확정 짓는 순간이었다. 5회 초 KT가 1점을 뽑았으나 5회 말 LG는 김현수의 2타점 적시타로 다시 리드폭을 넓혔다. 6회 말에는 문성주가 적시타. 정규시즌에 그랬던 것처럼 언제 어디서 터질지 모르는 지뢰밭 타선을 앞세워 무한 득점 공식을 가동했다. 우승에 대한 부담감은 지운 지 오래였다.

5차전이 마지막을 향하면서 하나둘 눈물을 글썽이기 시작했다. 9회 초 아웃카운트가 올라갈 때마다 관중은 물론 선수들의 눈도 붉게 타올랐다. 2루수 신민재는 이 순간을 가슴 속에 담아두려는 듯 고개를 돌려 관중석 모습 하나하나를 새겼다. 그리고 마지막 아웃카운트를 만드는 타구가 자신에게 향했다.

29년의 마침표,
2023 챔피언 LG트윈스

LG가 2023년 통합우승을 달성했다. 29년의 긴 기다림에 마침표가 찍혔다. 많은 이들이 눈물을 참지 못했다. 참을 필요는 없었다. 차명석 단장은 끝내 고개를 숙인 채 두 손으로 얼굴을 가렸다. 차명석 단장처럼 1994년 20대 청춘을 보낸 올드 팬부터 당시 초등학생 혹은 유치원에 다녔던 30, 40대 팬. 잔혹한 암흑기 시절에도 굳건히 LG를 응원한 10대, 20대 팬이 하나 돼 환희의 눈물을 쏟았다.

잠실구장에 달빛요정역전만루홈런의 〈축배〉가 울려퍼졌다. 21세기 LG 우승을 보지 못하고 떠난 이들도 하늘에서 함께 울고 웃었다. 축배를 들어야 하는 그날이 왔다.

통합우승을 축하하는 세리머니가 잠실구장에서 열렸다. 아무도 야구장을 떠나지 않았다. 그만큼 오래 기다렸다. 긴 기다림을 해소하듯 승리의 기쁨을 마음껏 누렸다. 승리의 함성을 다 같이 외쳤다.

"여러분들이 있었기에 우리 선수들이 절실함을 갖고
지금까지 달려올 수 있었습니다.

다시 한번 이 자리를 빌려 LG트윈스 팬들에게
감사드립니다. 이제 시작입니다. 내년에도, 내후년에도
달리겠습니다!" ― 염경엽 감독

2023 한국시리즈

시리즈 전적 4승 1패 LG 우승

시리즈 팀 타율 0.331	팀 OPS 0.931

시리즈 팀 평균자책점 3.60 선발 평균자책점 3.43 중간 평균자책점 3.75

KS1	3 - 2 KT 승리 | **승리 투수** 손동현 | **패전 투수** 고우석 | **세이브** 박영현 | **MVP** 문상철
KS2	5 - 4 LG 승리 | **승리 투수** 함덕주 | **패전 투수** 박영현 | **세이브** 고우석 | **MVP** 박동원
KS3	8 - 7 LG 승리 | **승리 투수** 고우석 | **패전 투수** 김재윤 | **세이브** 이정용 | **MVP** 오지환
KS4	15 - 4 LG 승리 | **승리 투수** 김윤식 | **패전 투수** 엄상백 | **MVP** 김윤식
KS5	6 - 2 LG 승리 | **승리 투수** 켈리 | **패전 투수** 고영표 | **MVP** 박해민

시리즈 MVP

오지환	타율 0.316 | 3홈런 8타점 | OPS 1.251 | WAR 0.49

염경엽 감독이 선정한 MVP

박동원	타율 0.313 | 2홈런 4타점 | OPS 1.109 | WAR 0.35
유영찬	3경기 6.0이닝 1홀드 | 평균자책점 1.50 | WAR 0.29

2023
CHAMPIONS
LG TWINS

승리의 함성을 다 같이 외쳐라

LG트윈스 2023 통합우승 별책부록

지은이 윤세호
펴낸이 나영광
책임편집 김영미
편집 정고은
영업기획 박미애
디자인 박은정
사진 출처 LG트윈스

크레타
제2020-000064호
경기도 고양시 덕양구 청초로 66 덕은리버워크 B동 1405호
creta0521@naver.com
02-338-1849

1994년 가을, 당신은 누구였습니까
그리고 오늘, 당신은 누구입니까
긴 세월에도 포기하지 않고 간직해 온
가슴속 깊은 곳의 외침
29년 만의 메아리
2023년 통합우승 챔피언은
LG트윈스입니다

— MBC 아나운서 김나진

ISBN 979-11-92742-17-5 03810
승리의 함성을 다 같이 외쳐라 | 값 18,000원 (별책부록 비매품)